AF453036

Vente les Lundi 11 et Mardi 12 Avril 1892

A DEUX HEURES

HOTEL DROUOT — SALLE N° 1

MEUBLES ANCIENS

En Marqueterie et Bois sculpté

SIÈGES, BRONZES, CURIOSITÉS

28 TAPISSERIES ANCIENNES

Garnissant le Château de ***

EXPOSITION PUBLIQUE

Le Dimanche 10 Avril 1892, de 1 heure 1/2 à 5 heures 1/2

COMMISSAIRE-PRISEUR	EXPERT
M° J. BONNIN	M. B. LASQUIN
rue Taitbout, 62	rue Laffitte, 12

PARIS — 1892

IMPRIMERIE MAULDE ET RENOU

A. MAULDE & Cie

IMPRIMEURS DE LA COMPAGNIE DES COMMISSAIRES-PRISEURS

Rue de Rivoli, 144

CATALOGUE

DES

MEUBLES ANCIENS

DES XVIIᵉ ET XVIIIᵉ SIÈCLES

Secrétaires, Commodes, Bureaux, Consoles encoignures en marqueterie
garnis de bronzes
Lit Louis XIII, belles Armoires, Crédences en bois sculpté
Meuble milanais, Cassone du XVIᵉ siècle, Cabinets et Bureaux en laque

BEAUX SIÈGES

Ameublements de salons Louis XVI, Chaise à porteurs

BRONZES

Statuette de Henri IV, Cartels, Appliques, Pendules, Glaces

PORCELAINES, FAÏENCES, CURIOSITÉS, TABLEAUX

28 TAPISSERIES ANCIENNES

Dont un Sujet pastoral, d'après HUET

MEUBLES MODERNES, 2 PIANOS, BILLARD

Le tout garnissant le Château de ***

DONT LA VENTE AURA LIEU

HOTEL DROUOT, SALLE Nº 1

Les Lundi 11 et Mardi 12 Avril 1892

A DEUX HEURES

Par le ministère de **Mᵉ BONNIN**, Commiss.-Priseur, rue Taitbout, 62
Assisté de **M. B. LASQUIN**, Expert, rue Laffitte, 12
CHEZ LESQUELS SE TROUVE LE PRÉSENT CATALOGUE

EXPOSITION PUBLIQUE

Le Dimanche 10 Avril 1892, de 1 heure 1/2 à 5 heures 1/2

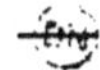

PARIS — 1892

CONDITIONS DE LA VENTE

—

Elle sera faite au comptant.

Les Acquéreurs paieront CINQ POUR CENT, en sus des adjudications, applicables aux frais de vente.

❊ ❊ ❊

A. MAULDE et Cie, imprimeurs de la Compagnie des Commissaires-Priseurs.
rue de Rivoli, 144.   600—22643

DÉSIGNATION

TAPISSERIES ANCIENNES

1 — Très jolie Tapisserie d'Aubusson du temps de
Louis XV, représentant un sujet pastoral d'après
HUET; à droite, près d'une fontaine, sous des grands
arbres, un berger et deux bergères parent un mouton
de fleurs et de rubans, deux autres villageoises sont
occupées à la fontaine; à gauche, la vue s'étend sur
un paysage accidenté. Tapisserie d'un coloris har-
monieux et d'une belle conservation.

2-6 — Suite de cinq Tapisseries anciennes d'Aubusson, représentant des sujets tirés de l'histoire
d'Alexandre-le-Grand, d'après les cartons de LEBRUN.
Elles sont entourées de bordures à fleurs et trophées
d'armes.

7 — Portière en ancienne tapisserie flamande à grands
personnages en costumes romains, avec bordure à
trophées d'armes.

8 — Portière en tapisserie ancienne d'Aubusson à
paysage et figure d'enfant.

9-10 — Deux autres Portières en ancienne tapisserie à
sujet de verdure.

11 — Grande Tapisserie du temps de Louis XIII, représentant le Jugement de Pâris; bordure de fleurs.

12-13 — Deux Tapisseries formant portières, représentant des paysages avec figures; bordures de fleurs.

14-15 — Deux Tapisseries anciennes d'Aubusson, représentant des paysages boisés avec larges plantes au
premier plan. Bordure à fleurs de perroquets.

16 — Tapisserie d'Aubusson représentant le Jugement de
Pâris sous des figures d'enfants dans un paysage.
Bordure à cadre avec coquilles.

17 — Une petite Portière en tapisserie ancienne, sujet
de verdure.

18-21 — Quatre Panneaux en tapisserie fine du temps
de Louis XIII, représentant des paysages boisés, encadrés de larges bordures à médaillons, cartouches
d'ornements et fleurs.

22-24 — Trois Panneaux en ancienne tapisserie de Fel-
letin, représentant des paysages avec kiosques chinois, animés d'oiseaux. Bordures de fleurs.

25 — Tapisserie d'Aubusson à paysages avec rivière,
moulin à eau, fontaine et oiseaux. Bordure : trophées, fleurs et rubans.

26-28 — Trois Panneaux d'ancienne tapisserie d'Aubusson à sujets historiques à grandes figures.

MEUBLES

DES XVIIe ET XVIIIe SIÈCLES ET EMPIRE.

29 — Belle Commode Louis XVI à pieds élevés et cambrés, le milieu à ressaut, en bois de rose et d'érable, marquetée à motifs d'architecture et de fleurs. Dessus de marbre blanc.

30 — Deux Encoignures Louis XVI, ouvrant à une porte cintrée en marqueterie de bois à bouquets de fleurs sur fonds de citronnier, ornées d'une frise, de rosaces et de chutes en bronze ciselé et doré. Dessus de marbre. Ces deux meubles portent la marque de C. TOPINO, maître ébéniste.

31 — Console du temps de Louis XVI, forme demi-lune à quatre pieds et tablettes d'entre-jambes en bois de rose et de citronnier marqueté à fleurettes. Dessus de marbre.

32 — Bureau de l'époque Louis XVI, à cylindre, en bois de rose marqueté à fleurs, trophées d'instruments et colombes, le haut à gorge est terminé par une tablette qui se déploie pour écrire.

33 — Toilette Louis XV en bois de rose marqueté à bouquets de fleurs.

34 — Belle Commode du temps 'de la Régence, de forme contournée, à trois rangs de tiroirs richement garnie de bronzes, chutes à mascarons, poignées et ornements. Dessus de marbre brèche.

35 — Beau Secrétaire de l'époque Louis XVI, en marqueterie de bois de rose à fleurs, vases et draperies,
orné de bronzes et à dessus de marbre brèche.

36 — Commode de style Régence, en bois de placage,
ornée de panneaux de laque encadrés de bronze,
dessus de marbre griotte,

37 — Petite Commode Louis XV en laque rouge, forme
contournée, garnie de bronzes et à dessus de marbre
brèche.

38 — Petite Commode du temps de Louis XVI, de
forme arrondie, avec porte sur chaque côté, en
bois satiné, garnie d'une frise d'enroulements en
bronze doré. Dessus de marbre entouré d'une galerie de cuivre.

39 — Table console de style Régence (en partie ancienne), en bois de violette, à quatre pieds, reliés par
un entre-jambe et ornés de bronzes dorés ; la ceinture
est entourée d'un quart de rond en cuivre.

40 — Deux Encoignures Louis XV, ouvrant à deux
portes, en bois de placage, garnies de bronzes et à
dessus de marbre.

41 — Table Louis XV, en marqueterie de bois de rose,
à bouquets de fleurs et garnie de bronzes.

42 — Meuble étagère de style Chinois, en bois noir
marqueté de bois et d'ivoire.

43 — Meuble Louis XIII à deux corps et à fronton en
noyer sculpté, d'une riche ornementation à cariatides
et divers motifs en bas-relief.

44 — Grand Meuble milanais, d'aspect monumental, à deux corps, la partie centrale à ressaut simulant un portique, en bois d'ébène incrusté d'ivoire gravé, décoré de figures au milieu d'arabesques et d'entrelacs.

45 — Cabinet espagnol, ouvrant à abattant garni extérieurement de ferrures dorées et ajourées. L'intérieur renferme des tiroirs présentant une riche ornementation de Style mauresque, exécutée en os sculpté et dorure.

46 — Cabinet en ancien laque de Chine, garni de tiroirs à l'intérieur et orné extérieurement de ferrures gravées et dorés.

47 — Petit Bahut Louis XIV, ouvrant à deux portes, en marqueterie de bois, à motifs d'ornements et entrelacs, dessus marbre.

48 — Cassone ou Coffre de mariage italien, du XVIe siècle, en bois marqueté à figures et guirlandes de feuillages.

49 — Commode Louis XVI, à angles coupés en bois d'acajou.

50 — Commode Régence, à trois rangs de tiroirs en bois de placage, garnie de bronzes.

51 — Commode Louis XVI, en marqueterie de bois de rose, à damier en losange et à deux rangs de tiroirs.

52 — Petit Bureau de dame, ouvrant à cylindre. Époque Louis XVI.

53 — Bureau Louis XIII, en marqueterie de bois, auquel des pieds contournés ont été rapportés postérieurement.

54 — Toilette Louis XVI, en marqueterie de bois de
rose.

55 — Commode Louis XVI, en acajou moucheté, garnie
de rangs de perles en bronze. Dessus de marbre.

65 — Console Louis XVI, en acajou à dessus de marbre.

57 — Console Louis XVI, en acajou à angles cintrés.
Dessus de marbre blanc avec galerie de cuivre.

58 — Commode Louis XVI, en bois de rose marqueté
à médaillons de bouquets de fleurs.

59 — Secrétaire de même Style accompagnant la Commode qui précède.

60 — Deux Jardinières carrées, en bois de rose avec
panneaux de laque, supportées par des pieds à griffes
de lion en bronze doré.

61 — Petite Table Louis XVI, en bois sculpté et gravé,
avec pieds cannelés à entre-jambe.

62 — Meuble Scriban, ouvrant à abattant et à trois tiroirs garnis de poignées de bronze. Époque Louis XV.

63 — Deux Encoignures Louis XV, en bois laqué rouge,
représentant des figures chinoises dans des kiosques.
Elles sont garnies de chutes et de sabots en bronze
doré.

64 — Encoignure Louis XVI, ouvrant à deux portes, en
bois laqué à fleurs et figures. Dessus de marbre.

65 — Commode Régence, à trois rangs de tiroirs, en
bois sculpté et rehaussée de dorure, dessus de
marbre.

66 — Petit Bureau Louis XV, en laque, à décor chinois, ouvrant à abattant et garni de deux tiroirs.

67 — Table hollandaise, en bois marqueté, à fleurs en couleurs.

68 — Meuble hollandais, de forme contournée, à quatre tiroirs en marqueterie de bois, à fleurs.

69 — Console Louis XVI, à angles cintrés, en bois d'acajou, à dessus de marbre bleu turquin, avec galerie de cuivre.

70 — Beau Lit Louis XIII, à colonnes et baldaquin en bois de noyer sculpté, avec sa garniture d'étoffe de style.

71 — Belle Armoire de l'époque Louis XVI, très riche de sculpture, à corbeille de fleurs, trophées d'instruments de musique, attributs de la pêche. Modèle rare.

72 — Bahut ouvrant à deux portes, composé de panneaux gothiques sculptés, à ogives, l'un d'eux orné de fleurs de lis.

73 — Meuble à deux corps, du temps de Louis XIII, en noyer sculpté, à palmes, à feuillages, surmonté d'un fronton.

74 — Meuble Louis XIII, à deux corps, analogue au précédent.

75 — Coffre Louis XIII, en bois sculpté, à médaillons et cariatides.

76 — Armoire Louis XV, en chêne sculpté, à moulures contournées, ornements rocaille et fleurs.

77 — Grande Armoire à linge, en bois sculpté en bas-
relief, offrant diverses scènes villageoises et danses
d'Auvergne.

78 — Armoire Louis XIII, ouvrant à une porte et surmontée d'un fronton en bois sculpté.

79 — Armoire de style Louis XIII, ouvrant à une porte
en bois sculpté, à figures, balustres et ornements.

80 — Toilette genre Louis XIII, surmontée d'une glace,
en bois sculpté.

81 — Table de nuit, genre gothique, en bois sculpté.

82 — Table de l'époque du premier Empire, en bois
d'acajou, à quatre pieds, formées de cariatides dorées,
avec dessus et tablette d'entre-jambe en scaïola imitant la mosaïque.

83 — Guéridon rond du temps de l'Empire, à trois pieds
garnis de cuivre, dessus de marbre blanc, à galerie.

84 — Chaise à porteurs du XVIIIe siècle, décorée de
motifs, d'ornements et d'armoiries.

85 — Pendule Louis XIV, en marqueterie de cuivre et
d'écaille, ornée de bronzes, cariatides, sujet applique
le char d'Apollon, elle porte sur un cartouche émaillé, le nom de *Frison, à Paris*.

86 — Pendule et son Socle de suspension, en marqueterie de cuivre et d'écaille, ornée de bronze et surmontée d'une statuette de Minerve.

87 — Petite Pendule Louis XV, en vernis Martin, à
fleurs et ornée de bronzes.

88 — Grande Glace Louis XIII, à ornements de cuivre estampé

89 — Grand Miroir octogone avec large cadre orné de peintures réprésentant des figures mythologiques.

90 — Cadre Louis XIV en bois finement sculpté, contenant une gravure portrait de Napoléon Ier.

91 — Petit Miroir à bordure Louis XIV, en bois sculpté et doré.

92 — Petite Glace avec trumeau peint et encadrement en bois sculpté et ajouré.

PIANOS

93 — Piano droit de *Louis Benoit*, en marqueterie de cuivre

94 — Piano droit en palissandre de *Fleig*.

BILLARD

95 — Grand Billard en palissandre de chez *Blanchet*, avec accessoires.

SIÈGES

96 — Un Canapé et quatre Fauteuils garnis de tapisserie d'Aubusson du temps de Louis XVI, à sujets villageois, animaux et draperies, d'après Huet.

97 — Grande Chaise longue du temps de Louis XIV,
forme carrée, en bois sculpté, garnie de velours
gaufré bleu.

98 — Petit Lit de repos du temps de Louis XVI, à
montants cannelés, en bois sculpté à rosaces, peint
en rouge et garni d'andrinople.

99 — Ameublement de salon du temps de Louis XVI
en bois sculpté à perles et rubans, pieds cannelés et
bras à balustres, laqué en rouge et garni de soie
verte. Il est composé de deux marquises, six fauteuils
six chaises et deux tabourets de pieds.

100 — Chaise longue Louis XV, à dossier arrondi,
orné d'une coquille, et à huit pieds cambrés, en
bois sculpté et laqué rouge, garnie de soie jaune.

101 — Chaise Louis XVI, à dossier arrondi en bois
laqué rouge, garnie de soie jaune.

102 — Quatre Fauteuils Louis XVI, en bois sculpté à
feuilles, perles et rubans et laqué vert d'eau, à rehauts
de dorure, avec garniture d'étoffe de soie à raies
bleues et fleurettes.

103 — Ameublement de même style et de même forme
que les fauteuils qui précèdent, garni de tapisserie
moderne d'Aubusson, à vases de fleurs et rinceaux.
Il est composé d'un canapé, quatre fauteuils et quatre
chaises.

104 — Meuble de salon de style Louis XVI, en bois
sculpté et doré, garni de velours de Gênes. Il
est composé d'un canapé, quatre fauteuils et quatre
chaises.

105 — Très grand Canapé de style Louis XIV, dont les deux extrémités forment sièges d'angles, en bois sculpté et doré, garni d'étoffe imitant la tapisserie ancienne.

BRONZES

106 — Statuette, grandeur nature, de Henri IV enfant. en bronze, d'après Bosio.

107 — Joli petit Cartel Louis XV, en bronze ciselé et doré, composé d'ornements rocaille et surmonté d'une figure de joueur de vielle. Le cadran est au nom de *Masson, à Paris*.

108 — Grand Cartel de style Louis XV, en bronze doré, représentant le Char de Vénus au milieu de motifs d'ornements rocaille et de feuillages.

109 — Baromètre de même modèle que le Cartel qui précède, en bronze non doré.

110 — Petit Cartel style Louis XVI, en bronze doré.

111-112 — Deux paires d'Appliques Louis XVI, à deux lumières de modèles différents, à vases et festons de laurier.

113 — Deux Flambeaux genre Louis XVI, en bronze, et deux Coupes.

114 — Deux Chenets de style Louis XIII, en cuivre,

115 — Pendule en bronze doré avec figure d'Apollon.

116 — Deux Flambeaux Louis XV, en bronze.

117 — Deux Chenets Louis XVI, en cuivre, modèle à boules et à galerie.

118 — Deux Brûle-Parfums du temps de l'Empire, en bronze.

119 — Pendule borne en marbre blanc, avec sujet de de deux enfants en bronze, deux Flambeaux griffons, deux Coupes.

120 — Petite Pendule, deux Girandoles à trois lumières et deux Flambeaux en bronze doré avec parties émaillées.

121 — Deux Chenets Louis XVI, ornés d'une lyre en bronze doré.

122 — Deux petits Bustes de Voltaire et de Montesquieu, en bronze.

123 — Brûle-Parfums et deux Flambeaux en bronze du Japon.

PORCELAINES, FAIENCES

124 — Grand Vase valustre en ancienne porcelaine de Saxe, décoré de médaillons en réserve représentant des sujets à figures chinoises.

125 — Jardinière de forme ovale en vieux Chine, décorée en émaux de la famille verte.

126 — Petit Brûle-Parfums en forme de vase côtelé, en ancienne porcelaine de Saxe décoré de fleurs.

127 — Pot en vieux Chine émaillé en couleurs.

128 — Sucrier ovale en porcelaine tendre de Chantilly, décoré en bleu.

129 — Soupière forme Louis XV, en porcelaine, avec couvercle en vieux Sèvres, pâte tendre.

130 — Deux Vases ovoïdes en porcelaine de Berlin, décorés de médaillons et de fleurs.

131 — Porte-Huilier adhérent à un plateau en ancienne porcelaine tendre de Sèvres, à décor de fleurs.

132 — Cabaret en porcelaine du temps de l'Empire, fond gros bleu, à décor en dorure.

133 — Quatre Compotiers de forme carrée en ancienne porcelaine tendre de Sèvres à décor de fleurs en couleurs et de filets bleus.

134 — Plat creux et Assiettes en ancienne porcelaine de l'Inde.

135 — Deux Vases à tulipes en ancienne porcelaine du Japon à décor bleu, rouge et or.

136 — Deux Pots en ancienne porcelaine de Chine, fond gros bleu.

137 — Deux Flacons en vieux Japon décorés en couleurs.

138 — Groupe de deux figures villageoises en biscuit de porcelaine, avec support en peluche.

139 — Jardinière en imitation de porcelaine du Japon décor en couleurs, avec pied en bois noir.

140 — Deux grands Cornets en porcelaine du Japon décorés en couleurs de compartiments de fleurs.

141 — Soupière et son Plateau en ancienne porcelaine de Tournay à décor bleu rehaussé de dorure. Époque Louis XV.

142 — Soupière et son Plat en faïence blanche de Lorraine à décor en relief.

142 — Deux Flambeaux en vermeil cristal de roche ornés de pierres de couleur. Travail viennois.

144 — Deux Plateaux ovales en argent repoussé offrant au centre des sujets dans le goût de Watteau, avec bordure d'ornements.

145-148 — Uu Bouclier, un Casque, deux Épées, une Hallebarde et une Pertuisane en fer.

TABLEAUX

149 — Quatre petites peintures en grisaille de l'école de Boucher ; Amours sur des Nuages.

150 — Peinture en grisaille : Enfants jouant avec une Chèvre.

151 — Peinture dans un cadre sculpté : L'Assomption.

152 — Peinture de l'École italienne : Vierge et Jésus.

MEUBLES MODERNES

153 — Plusieurs ameublements de Chambres à coucher en pitchpin.

154 — Literie.

155 — Ustensiles de toilette.